縦になる

有沢 螢
Arisawa Hotaru

短歌研究社

縦になる　目次

〈附録〉

縦になる

装幀・装画　岡　孝治＋森　繭
図版　Buntoon Rodseng／Shutterstock.com

緑の手

わが額《ぬか》に置かれし友の緑の手ひと滴づついのちを注ぐ

生徒らの火の手水の手とりどりに学級花壇ととのへられき

枕辺に教へ子歌ふ　中世のヒルデガルトがつくりし聖歌

ラベンダーを薬草とせし聖女なればその旋律に癒されてゆく

頬に触れたり

車椅子に座れば衣装ラッピングするがごとくに着せかけらるる

六時間の大冒険は車椅子で「ビリー・エリオット」のミュージカル観る

「車椅子席」は一階前から六番目ひとより高き目の位置を得《う》る

エルトン・ジョンの曲に送られ地の底に炭坑夫たち落ちてゆくなり

博多弁に訳されてをりサッチャーの時代の地方の台詞はすべて

十歳の少年の希望の果てにある英国ロイヤル・バレエ・スクール

十八年追ひかけをりしアーティスト楽屋より出でわが前に立つ

手を伸べて三十五歳になつたよと青年はわが頬に触れたり

ゴッホの耳

「ボストンからゴッホが来てる」と弟が都美術館の絵葉書持ち来

郵便配達人の絵とその妻の絵のあはひにはゴッホの耳がひとつ落ちをり

しづまりし狂気ののちの青空は深かるらむと窓辺に臥せり

一本の管

元旦は「エマニエル夫人」ともに観しひとの見舞ひ来五十年《いそとせ》ののち

新春を過ぎれば呼吸乱れたりいのち削りて言葉に向かふ

酸素マスク口に当てればやや乾く空気の気配安心に似て

ミルク飲み人形のごとき一本の管なりわれは白湯《はくたう》を飲む

友はわが髪の毛つかみ無造作に切り揃へゆく取材前日

金子兜太逝去したればインタビュー延期の知らせ午前一時に

兎耳

高齢者施設より届きし写メールのディズニーシーでの母の冒険

兎耳のカチューシャつけてグーフィーと抱き合ふ母の満面の笑み

車椅子三台スタッフ七人の母の一行みな同じ笑み

九十三歳の母の笑顔に励まされ極寒の日に入院したり

マイ・レボリューション

鎮痛剤劇薬なれば呼吸器の動き弱まり再入院す

血中酸素六十切れば鎮痛剤断つこととなり夜毎眠れず

痛み止めのふたつを断てばギロチンのごとく痛みが首に落ち来る

病室の窓辺に開く紅き薔薇「革命《レボリューション》」と名づけられをり

死はいつも足元にあれば君は言ふ「革命ですね」と不敵に笑みて

うなづきてまた微笑みてひとつづつ前へ踏み出すマイ・レボリューション

夜桜の五年《いつとせ》前に倒れたる病床の日日革命の日日

さくら花

わが脳の指令肺には届かずに自発呼吸を時に忘るる

卒業生と桜の候にまみえむと約束したれば呼吸訓練

満月の明くる日復活祭なれば桜のもとに生徒ら集ふ

さくら花いのちをかけてけふも見む再生の色に咲き極まれば

「先生を囲む会」との看板がホテルロビーに掲げられをり

一人づつ五十人分の挨拶を受ければ言葉でいっぱいになる

三人の童桜の木の下に遊べり永きながき時の間

ファントム・ペイン

切り捨てし右手のスミレの刺青《いれずみ》の燃ゆるがごとし幻肢痛《ファントム・ペイン》

麻痺したる四肢を身体に添はせ置き幻の手足宙に放せり

知覚なき手足二対に幻覚の手足が二対蜘蛛のごとしも

燃えさかる刺草《いらくさ》のあり　言問へば「エホバ」と答ふ「出エジプト記」

エホバとは「ありてあるもの」キリストの神の名なりとかつて習ひき

病床に伏し失へるもの多し首より下の意識溶暗

障害の残りしことは恥なるや首より下の動かざるわれ

無きことは証明するは難くしてファントム・ペインのありてあるなり

空のシャッター

露地咲きの白あぢさゐと紅薔薇を持ちて来れり短歌の友は

「君の名は。」のＤＶＤ二度再生す若者言葉の速度に負けて

「麦秋」の小津の科白のゆるやかな速度に耐へ得ず早送りする

従兄の死を知らする電話一瞬の予感ありたりベルの鳴り出づ

高齢者施設お茶の時間に降りて来ず従兄はベッドに凭れ死すとふ

肩先に怠惰の天使舞ひ降りて生き急ぐなと囁いてゐる

次次と空のシャッター降ろすごと雷鳴五月の街に響けり

今ここにわれを突き刺す痛みあり過去に風吹け未来よ光れ

七七日

新しき喪服購ひ大胆に後ろ身頃を背まで切り込む

車椅子に乗れば上から着せらるる喪服プリーツゆるやかにして

急坂を介護タクシーで上り来て山門に入りぬ深き万緑

本堂の縁窓開けて六人に掲げ上げらる車椅子ごと

七七日《なななぬか》の法要の経に包まれてひとりで逝きし従兄を思ふ

焼香の列に加はることもなく本尊を照らす木漏れ日見をり

五年ぶりに顔を合はせし親族も多く無言の挨拶かはす

納骨。車椅子墓前に入れず

全身を耳にして聞く読経かなヘルパーと友とわれ三人で

結婚写真

ダイヤモンド・ヘッドを写真の背景に一族ならぶ甥の婚礼

緊急の検査入院　新婚の夫婦は見舞に写真を持ち来

濃みどりの滴る中にフラ踊る花嫁の動画ヴェールたなびく

牧師服着慣れてをりし弟もアロハ姿で教会に立つ

キラウエア火山が夜に燃ゆるごとわが心中のマグマ沸きたつ

ミツバチの幼虫あまた育てをるハタラキバチはすべて伯母たち

わたくしの遺伝子の螺旋持つ甥の結婚写真病床に見つ

白シャツの袖

五年余の投薬の果てに肝機能障害出でて入院をする

冷房のなき病室に見舞ひくれし小池光の白シャツの袖

しなやかに手を上げ「採血」メモを貼る元ＣＡの新人ナース

「ＣＡは国家資格になりません。人の役に立ちたいですから」

痛み止め次次切りて肝機能高止まりせり退院となる

雷

一夕《いっせき》に一万八千発の雷劫《らい》罰のごと首都の晩夏に

雷は誰《た》が背の上にくだる劫罰かひとつの時代終はらむとして

「短歌人」の八十周年近きと聞きあと二十年は生きむと思ふ

母の指のタンザナイトの青き影磨滅されゆく七十余年

赤ひげ

大道店に回る無数の風車黒澤映画の白黒の風

診療箱提げて長屋を廻りたる「赤ひげ」の弟子加山雄三

「現代の赤ひげ」と呼ばるる訪問医川越厚《こう》氏われをおとなふ

弟が牧師つとむる教会の教会員なり川越医師は

弟と連れ立ち来たる川越医師友のごとくに病状を説く

「下町はこんなに眺めがよくないよ」わが幸運をかみしめよとて

オピオイド系の薬を勧めらる麻薬は痛みにやさしきものと

深川教会

弟妹と集ふ最後の機会とて母の長寿を祝ふ秋の日

清澄白河の地名も見えて深川にケアタクシーは近づくらしき

わが病みし六年の間に弟が赴任したりし深川教会

六歳の弟が神輿に水かけし深川祭の遠き思ひ出

緑なき街中に白き十字架を掲げて教会改築は成る

久久の母の微笑み身に浴びて車椅子二台並べて黙す

車椅子並べむくみし母の足わが足首はひたに細りて

三人の子らを忘れし母が歌ふ「主われを愛す」オルガンにのせ

祭壇の薔薇窓の光やはらかく祈る家族の膝を照らせり

文字盤にあり

高潮のごとくレインボーブリッジの上に黒雲押し寄する見ゆ

新駅の名前決まりし山手線高輪ゲートウェイいづ国の語ぞ

ＡＬＳの声なき患者の訴へを文字盤で読む玄冬の街

「私たちをここから解放してください」声なき叫び文字盤にあり

歌　人

「有沢」と名札二つが駐車場二台分あり介護車降りつ

歌人《うたびと》のつどふ宴に久久にいづれば言葉大きく響《とよ》む

車椅子で会場に入れば走り寄る言葉を生きる術とする人

文字もなき音の世界に七年間閉ぢ込められてわが歌はあり

遠くまで行かねばならぬ遠くまで生きねばならぬ歌もいのちも

暗きロビーにクリスマスツリー鮮やかに浮き立ちてをり星のいろいろ

学士会館の受付嬢われを振り返り「先生ですよね」と涙を流す

最新訳『聖書』

三十年に一度翻訳するといふ最新訳『聖書』聖夜に届く

かつて名を「ありてあるもの」と訳されし神の名いまは「いる、という者」

新訳は「目にある梁」と戻したり以前「丸太」と訳せし「罪」を

ヘブライ語は翻訳難き作業なりそれでも神はロゴスで語る

ベクトル

予めわが原罪を贖ひて十字架にかかりしイエスを信ず

横たはりしままのわが身に赤子なるイエスを見きと友は語りき

祈るときのベクトル決めつと十字架を見上げて友は受洗決意す

復活の姿最初にマグダラのマリアに見せしは何の所以ぞ

柘榴坂のぼり果てたる教会に洗礼受ける二十七人

復活の前夜祭なる土曜日の徹夜ミサにて友は受洗す

能楽師鵜澤久

女人禁制なりし世界に生くる友を初舞台よりわれは見つづく

こけら落としに「葵上」を演じたり修羅まだ知らぬをとめらのまへ

摺り足の小さき足袋が目に残りこの世の果てへとわれを誘ふ

異世界の声をひきだす鵜澤久《うざはひさ》のからだは磨きし楽器のごとし

「観世寿夫能楽賞」友は受賞す性別を超えし芸境評価されたり

受賞祝に駆けつけられぬわが身なり車椅子にて祝歌詠む

エピグラフ

港区の白金高輪魚籃坂寺町なれば山門多し

山門に「荻生徂徠の墓」とある案内板の文字なつかしく

菩提寺に行くたび老いし住職は幼きわれにミルキー渡す

本堂の裏でミルキー分け合ひし寺の養子児同い年なり

ミルキーの箱はペコちゃんポコちゃんに二分されたる世界観持つ

山門を覆へる桜の古木ありき大き切株のみが残りて

薔薇を詠みしリルケの墓も三十年《みそとせ》で取り壊されし西洋事情

生き残りし人のためなる墓碑銘《エピグラフ》は神の国には不要なるらし

点字レター

土曜日を担当したるヘルパーが恐縮しつつ手紙差し出す

「他の日の利用者さんから手紙です」ためらひとともに運ばれし文

照れながら開きて見せし三枚の真白き紙に点字溢れて

全盲の七十一の男性が繰り返し読みしか『シジフォスの日日』を
感想を寄するは恥づかしと言ひながらわれの心に飛び込みてくる

チーム螢の一員となりて祈りたしと点字レターは結ばれてをり

淡淡と読み上げ終へしヘルパーより顔を背けつ泣きぬれしわれ

動物動画

動画見ることいつからか気晴らしとなりて「駱駝の咀嚼」に見入る

サボテンを咀嚼する駱駝の顎を見て西域の旅を思ひ出しをり

申し訳なさげにもの食ふスローロリス霊長類にて体軀一尺

「嬉しみ」と名づけられたる猫動画見つつわが身は「辛《つら》み」「苦しみ」

一日に四リットルの水を飲み血管を丸く整へむとす

メイクレッスン

目の上に刺青を入れし巫女がゐて「夢」といふ字の形は成れり

入れ墨は戦ひの場に立つ化粧みづからの力超えむと念じ

一の谷の軍《いくさ》に出でし敦盛の化粧の意味を生徒に説きぬ

変身譚さまざまにあれど身を超ゆる化粧も例にあげて指折る

四肢麻痺の身体となりてテレビ見ることのみが日日の楽しみとなる

NHKドキュメンタリー「心を変える魔法のメーク」

見覚えのある菩提寺の奥座敷テレビ画面の若き化粧師

住職の息子はメイクを学びたりセクシャルマイノリティたるを明かして

ニューヨークにひとりし渡りメイクアップアーティストてふ魔術師となる

裏庭に蕺草《どくだみ》の花の咲ける寺人の背を押すメイクレッスン

負を見つめ克服をする術として化粧施す Kodo Nishimura

届きたる

七月の朝に届きし宅配便入谷鬼子母神の朝顔の鉢

行灯仕立ての竹の支柱に三色の朝顔の蕾いまだ硬しも

夏の日の実存のごとぢりぢりと痛みは今日もわが肌を焼く

病床に花束七つ並びたり贈りし人の思ひの色に

花花と並びてひとつ異を放つ大き団扇が飾られてをり

訪看のナースたちより贈られしコンサートグッズの団扇の笑顔

古稀

不義の子の薫抱きし晩年の光源氏を授業せし日日

七十には十年足らぬ源氏なれど古稀になりたる心地せしとふ

わが齢光源氏を飛び越えて「古来稀なる」不思議を思ふ

マツコ・デラックスのごとき口調で宮中の女を切りぬ「窯変源氏」

七十の橋本治の喪主は母　東大駒場祭のポスター思ほゆ

母の死

静寂が予感のごとくわれを包む数秒のちに訃報の電話

駆けつけて五分せぬうち逝きたりと妹は語る涙声にて

九時四十七分でした　すべての時より突出する時刻《とき》

九十五歳の誕生日過ぎて五日目の母つなぐ管一本もなし

看取りまで引き受けましたと十とせ前に誓ひしスタッフ頬赤かりし

ありつたけの生きる力で身構へて母の葬儀へ向かふ車椅子

認知症の母が最後まで歌ひ得し「主われを愛す」一族で歌ふ

実物大の陶器の小犬一匹を母の形見にもらひ受けたり

子らの名を忘れし母が膝に愛でし白き陶器のマルチーズ犬

病院に入ることもなく施設にて看取られし母の幸運思ふ

カリエスに臥せし幼きわがいのち炎かきたて救ひし母はも

トーチをつなぐ

全身麻酔の手術決まりてふりしぼる勇気でいのちのトーチをつながむ

褥瘡はわれを穿ちて移植より術のなければ日日砂のごと

砂のごとき十二万分余の時が身体を埋める入院の日日

ひからびて詩情がすべて飛んでゆく三箇月われは砂の女か

バルタザールとふとつぶやきぬ遠き星求め来たりし三博士の名を

全身麻酔から自発呼吸に戻ることの困難を説く若き麻酔医

春を馬車に

教へ子が順に来たりて食事介助するときわれは赤子のごとし

元旦の病院食は黒豆と紅白なますどんぶりいつぱい

友が煮付けし里芋の一口美味にしてはつかに気力よみがへり来る

病棟に二十九人が残されて駅伝中継処処に聞こゆる

春を馬車に乗せるがごとくわが身体家に運ばな退院決まり

青き不条理

レインボーブリッジ見ゆる窓に帰り新しき繭を紡ぎ直さな

羽田空港の新航路開く実験と称して飛行機低空を飛ぶ

「飛行機の翼の文字が読めるんです」買物帰りのヘルパー叫ぶ

七階の窓に激突するごとく飛行機は腹を見せて飛び来る

音に過敏な後遺症を持つわが身にはバットで背中打たるるごとし

一時間に約四十便が飛ぶといふ高輪の空の青き不条理

成田闘争に行きし人ありヘルメットのあの人の顔彼の人の顔

ウィルスに追はれ

細胞が音たて崩れゆく気配コロナウィルスは世界を覆ふ

さざなみのごとく震へる日日にゐてポジティブな猫をわれは拾はむ

病室でまぼろしの猫飼ふときにわが幻痛は癒されゆかむ

真夜中に盥まはしをされつつも病院に聴く東大王クイズ

体内の二酸化炭素の排出ができず昏倒　退院前夜

九時間を昏迷したるわたくしを殴打したりと弟に聞く

余命あと四日と言はれ陽圧式人工呼吸器を着けたりと聞く

病院に呼ばれし家族に囲まれてニップ呼吸器に一夜を過ごす

キリストが伝道したるガリラヤ湖の魚の心地にかすかに目覚む

遅春の湖にゐる魚なればキリストの糧にわれを漁れ

四十度の熱をかかへて病棟を移りぬコロナウィルスに追はれ

新型孤独ウィルス

医師たちのコロナ受け入れ体制の会議続くらし興奮と士気

リハビリ科も外来をやめ防護用エプロンを縫ふ後方支援

乳児院の子ら感染し陰性の乳児は病院会議室へと

コロナ患者の受け入れ増えし病院や主治医に転院迫られてをり

救急車に乗せられ転院する隙に友に託せり数首の歌を

コロナ禍に帰る家なく病院は追ひたてられて人にも会へず

コロナとは孤独の病と見つけたり誰にも会へず死して焼かるる

コロナ死の孤独はわれの幾倍ぞ岡江久美子の訃報を聞きて

食べること話すことさへ禁じられ人工呼吸器七十二時間

日に一時間人工呼吸器外されて人間に戻る晩春の午後

各患者のナースコールは異なる曲

誰《た》が呼びしナースコールか真夜中にエリック・サティの「あなたが欲しい」

アリスかわれは

痛み止めの麻薬減らせば幻想が副作用として見ゆると知れり

玉の緒は口より出でて蚊柱のごとく隣家の裏庭に立つ

天井に砂漠の薔薇の三輪が咲きて崩るる幻影を見き

トランプの女王が高くのしかかり低くひれふすアリスかわれは

ヘルパーの夕光にかざす桜桃を唇で食む仔猫のごとく

入れかはり恋バナ咲かすナースたち自粛時代の恋の形よ

いのち

わたくしの上に翼を重ねみよ托卵の巣の鳥のごとくに

天使二人ロトのもとへとつかはされソドムの滅亡となさむとす

セールスマン京都に二人降り立ちて安楽死ひとつ売りつけてをり

十分の滞在で契約果たされきオリヒメロボット見届けたるや

「延命治療の患者はゾンビだ」とネットに書きし医師なる男

ＡＬＳの女性は活動的なりき視力思考力のみを残して

人の手の助けなければ生きられぬ生命《いのち》も「いのちの輝き」をもつ

死ぬるまでわれは歌はむ　看護師の密かにくれし水羊羹を

コロナ禍の夏となれども胸中に不在の部屋のありて開かず

骨壺に入るまで家に帰らざるコロナ患者の孤独を思ふ

南方で戦死したりし叔父もまた友の首より提げられ帰還

七十五回目の八月六日ヒロシマに人影少な「永遠《とは》のみどり」に

高輪二本榎通りに帰宅する夢は破れて晩夏となりぬ

上皇后より賜りしＤＶＤ「降りつむ」の御声清らに病室に満つ

千駄木の空

もうおうちへは帰れません　呼吸器のスイッチ入れつつ主治医は言へり

幽明の境たる恐山に立ち寺山修司の嘘を聞かばや

あまたある病院施設に断られやうやう決まる転院先が

リハビリの三人娘次次と名刺持ち来る惜別の時

城南から民間救急車で運ばるる城北　明治の住宅地まで

文学者の魂に呼ばれ光太郎智恵子の旧居近くへ遷る

東京の青空広く窓辺よりスカイツリーがわれを迎へる

「車椅子で庭から空を見せうね」ナース明るく未来を語る

依存

秋ふかみ新型孤独ウィルスのいよよ身近く闇にひそめり

週一で弟の教会に集ひたる依存者の会も自粛してをり

アルコール依存者たちは週一度集ひて互ひを支へ合ふらし

依存者の支援を目指す山谷マックに鯵三十尾焼きし若き日

「調味料にミリンを使ってはいけない」と老シスターに叱られしこと

教会よりミサの年齢制限と聖歌禁止が書面で来たる

校門のアーチ型より飛び立ちし卒業の日の天使ら思ふ

「春の雪」に似つかはしからぬヒロイン像演じし人の逝きし薄明

濃厚接触者

「落ち着いて聞いてください」と介護士長濃厚接触者たるをわれに告げたり

保健所のドクター現れＰＣＲの検査をしたり分厚き眼鏡で

陰性と言はれたれども二週間自粛の日日を言ひ渡されつ

看護師は全員自粛見も知らぬ派遣の人に取り巻かれをり

面会も訪問診療も禁止され寂しきことのいよよ増されり

木橋

高熱にたゆたひながら見る夢は足下に揺るる細き木橋

たのしみはローストビーフいちご煮プリン最後の晩餐プランするとき

『北回帰線』読み人生観が変はつたと高校を十日休みし少女

カセットの土埃払ひ昭和歌謡聴けば夜空にオリオン動く

知人より入院する由知らされて夜の祈りにその名を加ふ

たくさんの思ひを白き風船につめこみ春の空に放たむ

風の時代

紅白の夜を最後に去る「嵐」あしたの空に虹架からまし

数へ年二十四なる平野紫耀《ショウ》年女なるわれ三倍にして

年頭の講話で牛は嫌ひだと言ひし校長いまだ忘れず

反芻をくりかへす牛は汚いか言葉と唾液にまみれしわが日日

年末に「風の時代」を迎へたり「土の時代」の物欲は去り

精神の自由に戦ぐ「風の時代」二百五十年ぶりの革新のとき

ミュージカル「ヘアー」の舞台に駆け上がり「水瓶座の時代」を踊りし昔

藺　糸

少年は白蛾の庭に生ひ立ちて膨大な母の歌集編みたり

闇の中にあこがれ待ちし羽化のとき蚕繭糸切らず出で来る

『推し、燃ゆ』にて芥川賞受賞せし女子大生に金井美恵子思ふ

金井美恵子『タマや』の書評書きし頃「もしもし」てふ猫われは拾ひき

完璧な愛の形とて朝食に真白なる皿は並べられをり

依頼されし原稿のあれば身を削りいのちけづりて今朝書き上げつ

水星が逆行したる時なれば誤謬の多し口述筆記に

昔日

庭の背に一本の林檎の樹のありて花白きこと息吹のごとし

日《にち》にちにパスを包めるオブラートで鶴を折りたり幼きわれは

米軍の横流ししたるストマイの空壜を母は庭に埋めたり

桜樹の下に死体はあらずしてカリエスのわれを母は背負へり

裏庭のローリエの葉を二枚入れ母のカレーは完成したり

風邪ひきし幼きわれに母の運ぶ缶詰の桃冷たかりしも

母の手の運ぶスプーンの懐かしきまた介助され食べる身となり

キリストをエスさまと呼びし幼き日母と歌ひし「主われを愛す」

母が逝きひととせが過ぎ朝な夕な白きはだへを思ひ出しをり

花筏

地震《なゐ》過ぎて滾滾と湧く櫻かな　堀田季何

滾滾となゐの国にもわく桜十《と》年《とせ》をかけて咲き渡りゆく

被災地に翌春咲きし早桜生命《いのち》をかけてわれは追ひ見き

黙禱し花を供へし防災庁舎　健常者なりし遠き春の日

体内にＧ群溶連菌暴れだし面会禁止の病棟の春

一年間吾《あ》を苦しめしニップ呼吸器外れしことの大き喜び

「イースターのお恵みだね」と弟はわが呼吸器の離脱喜ぶ

「深川の運河は花の筏だよ」弟の動画ラブラドールと

散り初めし桜のもとを出発す聖火走者の行方を知らず

救急搬送

昏迷する意識の中で大森浄子歌集批評を書けば言葉乱れつ

元彼を後輩女子に取られたる夢を見たりきオールカラーで

蜷川実花の色の世界に無免許で突進しつつ「どれがブレーキ？」

真夜中に意識失ひ運ばれし救急搬送記憶にはなし

深夜零時搬送されて麻薬ぬかれ呼吸器つけられ明け方帰る

弟の声夢の中に「可哀相に、一生呼吸器《マスク》は取れないさうだよ」

八日間二十四時間呼吸器を着けられ生ける木乃伊のごとし

日に三分呼吸器外すを許されて最初に友への電話頼めり

わが電話に「これなら歌が詠めるね」と喜色に満ちし友の声はも

窓際のアレンジメントフラワーの枯れてひともと薔薇のみ残る

燃ゆる舌

天よりの燃ゆる舌降《ふ》り地の果てまで「言葉」伝へむ聖霊降臨祭《ペンテコステ》に

キリストの弟子たちに燃ゆる舌降《ふ》りて異国の言葉で福音知らす

啓蟄の闇より出でし虫のごと芝の青さに魅せられてをり

八年《やとせ》ぶりに飛ぶ蝶を見つ福島の「飛べない蝶」は如何にかならむ

死ぬまでは生きねばならぬ定めもち名も知らぬ鳥が蝶を追ひたり

さらさらと心の中に水流れ黒揚羽来て影を落とせり

吉井勇の生家の門をくぐりぬけつばくらめ高く低く風切る

よき知らせ

キリストの花嫁となるべく初誓願立つる教へ子　桜咲き初め

母の日に卒業生より贈られし花籠は今空になりたり

花籠に活けられをりしカーネーションあんじやべいいる邪宗の匂ひ

天草の黒崎教会に正座すれば軒に燕の営巣する見ゆ

たまさかのよき知らせとて薔薇色の双生児パンダ上野に生るる

「われは性同一性非障害」と大天使わが枕辺に立つ

東京二〇二〇

美しきものみな全て失ひて夏の日差しにさらされてゐる

オリンピア高飛び込みの少年の肢体きらめき水中に入る

明明《めいめい》とハードルを跳ぶ日本女子選手のをりてのちに自死すと

若き日のボランティア活動パラリンピック応援カレンダーを売りしことあり

購買拒みパラアスリートを批判して「身の程を知れ」と言ひし同僚

障害児出産の映画を見たる講堂にリフレインする「三十人にひとり」

人口の十五パーセントが障害者なりとふ日本令和三年

パラスポもゆるスポさへもできぬ身はただ見つめをり生の色色

感動といささかの嫉妬混じりたり片翼さへももがれしわれは

笑顔こそ副作用のない薬です　カヌー選手のモニカのモットー

ひとつづつ神に返してパリまでの三年の日日はいかになるらむ

縦になる

一年と九箇月ぶりの車椅子庭にコスモス空に夏雲

去年《こぞ》の夏いつか庭から青空を見せると誓ひしナースの言葉

もう二度と乗れぬと思ひし車椅子身体が縦になるを驚く

ベッドより上半身のみ見しスタッフの下半身見ゆきびきび動く

煎れたてのコーヒーが胃に落つるときふつふつと生の実感のぼる

車椅子に乗りたるわれをスタッフらナースら囲み喜びし午後

夕星《ゆふづつ》に祈りし明日の幸せは四季のめぐりの永遠《とは》にあること

あとがき

『縦になる』は私の第五歌集である。同時に『シジフォスの日日』に続く、病床での口述筆記による二冊目の歌集である。二〇一三年の春に黄色ブドウ球菌による髄膜炎から脊椎損傷となり、首から下は動かすことも感じることもできぬ身となった。思いがけず人工呼吸器を離脱できたため、幼い頃から続けてきた短歌を口述できるようになったのだが、この二冊の歌集を取り囲む環境は天と地ほども違っている。

『シジフォスの日日』では、レインボーブリッジの見えるマンションの一室で、多くの友人、家族、医療スタッフ、ヘルパーたちに囲まれ、自由に本を読み聞かせてもらったり、友人たちと語らったり、原稿を書き取ってもらうことができた。ところが、『縦になる』での四年余りの日々は、母の死を契機としてその半ばから激変したのであった。葬儀の後、さらに体調を崩し、褥瘡が悪化した私は、全身麻酔による植皮手術を受けた。

三箇月の入院生活の後に、退院して間もない二〇二〇年一月、新型コロナウィルスは世界を席巻し、パンデミックを現出した。三月、肺炎のため緊急搬送され、再度入院となったが、コロナ患者受け入れのために度々の病室・病棟の移動を余儀なくされた。ついには呼吸不全による危篤状態に陥り、ニップ（非侵襲的陽圧式）呼吸器を装着された上で転院。転院先の病院でもコロナ禍のため面会禁止の状態が続き、容態は安定したものの、呼吸器を外すこともできず、退院して自宅に帰ることさえ困難となった。

七月末、ようやく文京区の施設を仮の棲家とすることになった。そこでも二度にわたる緊急搬送となり、個室にひとり、ナースコールを押すこともできず、人々と星の距離ほども隔てられた思いがした。人と会いたい、語りたいという渇望で体がいっぱいになったとき、短歌という術は一筋の蜘蛛の糸のように天から降りて来て、私の言葉を掬い取ってくれた。この上なくつらいと思えた現実も、短歌のリズムにのせてみると、静かな笑いや祈り、時にはユーモアと化して、様々な形で生きる喜びを与えてくれた。

電話のみのやりとりで一冊の歌集を纏めることは、以前とは比べものにならないほど困難であったが、友人の堀田季何氏、長谷川象映氏に助けられて今日に至った。今回は、『シジフォスの日日』（二〇一七年刊）以降の「短歌人」「短歌研究」「短歌往来」「現代短歌」「扉のない鍵」等に掲載された八百余首の中から三三三首を選び、編年体で一冊とした。

なお、私が第三歌集『ありすの杜へ』を発表してから、口述による歌集を編むまでの、歌集に収録できなかった二年分の歌から五二首を選び、「附録」とした。これは本歌集において、東日本大震災後十年にあたって抱いた感慨を、健常者であった被災当時と比較したいと思ったためである。隔てられた二つの時を見比べていただければ幸いである。

このコロナ禍では、すべての人が「旧約聖書」のヨブのように苦しみを負ったことと思う。ロシアのウクライナ侵攻のため、世界はさらに混沌としてきている。しかしどんな時でも、言葉は私たちの傍らに小さな希望のように寄り添ってくれているのだ。

出版にあたり、「短歌人」の小池光氏、藤原龍一郎氏他、多くの歌友の方々、結社を超える歌人の方々、栞文を寄せて下さった春日いづみ氏、森山恵氏に心からお礼申し上げたい。最後になったが、短歌研究社の國兼秀二氏、装幀の岡孝治氏、森繭氏にも心からの感謝をささげたい。

二〇二二年三月三日

有沢　螢

附録

二〇一一年——二〇一三年

高潮

水面なる死魚を捕らむと旋回し急降下する海猫の眼よ

「取りあへず人を損なふ高潮」の描写を須磨の巻に見出す

鳥を追ふ古き行事の残りたる東日本を google に見る

もう鳥を追ふこともなき福島の田畑の見ゆる村境まで

南三陸町にて

ヘルメット、ゴーグル、ゴム長、ゴム手袋すべて揃へてみちのくに入る

廻館《まはりだて》の瓦礫撤去のボランティア百十人中最年長なり

地震《なゐ》来らば先づ山頂に逃れよと指示されてをり風花のなか

志津川高校卒業記念の文鎮は金属ごみに分別されて

姿よき青年自ら志願して胸までのヘドロ掬ひ続ける

瓦礫なるハイヒール拾ひあげたれば小さき蟹の顔を出だせり

紅白の風呂敷に描かれし祝鶴　砂のなかより翼ひろげる

南三陸さんさん仮設商店街うどん屋もあり電気屋もあり

総務省の役人スーツ姿にてキラキラ丼を十個注文

「おだづなよ津波」Tシャツ四枚を購ひてけり街を去る朝

語り部ツアー

桃生《ものふ》豊里《とよさと》インターチェンジ過ぎゆけば南三陸道もなかばに

ゆふぐれの隧道隠す夏草よ打ち捨てられし気仙沼線

パーキングエリアに仏花売られをり河北新報に包まれながら

席にもどる客の四人は新聞に包みて菊の花束をもつ

さびしさはさびしさに寄る三陸の夏の海辺にかもめ飛びかふ

被災者をガイドに仕立て震災の爪痕巡る「語り部ツアー」

五十人乗るバスとなる被災地の「語り部ツアー」出発の朝

ポンペイの遺跡のごとし基礎コンクリートの上を夏草覆ひつくして
そこここにクレーンと重機ならびたち津波の記憶解体しゆく

「語り部ツアー」のバスを降りたり伝聞の言葉満ちたる重きからだで

青　龍

季寄せから削除されたる青龍の目覚むる春となりにけるかも

東《ひむがし》は蛇で西では馬といふ龍の祖先は天翔けるもの

イゾルデを得るに過ぎざることをもて龍と闘ふトリスタンあはれ

龍頭鷁首の船より降るる楽人は浅沓の左右《さう》履きたがへたり

楽人の龍笛の音は絶え絶えに霧をわたりてわれに届けり

辰年の澁澤龍子の年賀状　老犬ぼたんの消息もあり

ロミオ死す

被災地への賀状一陽来復と筆にて書けりためらひてのち

龍之介の写真に似たる少女ゐて授業中には頬づゑをつく

日曜日に美しきロミオを演じ、金曜日に急逝したる教へ子に

月光に縛られながら少年はロミオの台詞諳んじてをり

白鯨の腹のなかにて暮らしたきたそがれもあり玄冬の街

雪解道

歳晩の霙のなかをたどりつきし野鹿の一皿あたたかきかも

ことのはに毒ありにけり雪解道いさかひののち人と歩めば

高層のビル群うつし薄ら氷は影の重さにひびわれてゆく

ひかりあつめて

ひと待つにあらねどおとなふものあらむと春愁の椅子きしませて待つ

コミックス括りて捨てむ　暮れがたき春のひと日のゆく惜しみつつ

ふくらはぎにひかりあつめて少女らは囁坂をのぼりゆきたり

ヒュースケンの墓のはたにて海老煎餅食めば桜の花びら流る

虞美人草

祭の日の朝のごとくに足もとに花のまかれし日日もありしを

漱石の全集そのなか『虞美人草』抜き出だしたり十三の夏

自意識は毒もつほどに芥子の花　藤尾の胸にわたしの胸に

モルヒネの投与はじめの錯乱に字余りの是非を論じたる父

折折に漱石の墓大きなること思ひだしややにせつなき

雪のにほひ

原阿佐緒賞の歌を課すれば生徒らは雪ばかり詠めり　けふの初雪

生徒らの下校のあとに雑巾を絞りなほせりマニキュアの指

少年は自転車を捨て歩きだす雪のにほひに包まれながら

都ホテルのロビーの窓はたちまちに雪景色一枚はりつけてゆく

同じひとをあらそひし日もありしかど遺影のなかの風にたつ友

韮崎の教会の屋根に降る雪をふりかへりつつ駅舎に入りぬ

著者略歴

1949年（昭和24年） 東京生まれ
六歳より作歌
1976年 聖心女子大学を経て、早稲田大学大学院文学研究科日本文学修士課程修了
2000年 歌集『致死量の芥子』上梓
2001年 「短歌人」入会
2007年 歌集『朱を奪ふ』上梓
2011年 歌集『ありすの杜へ』上梓
2015年 撰集『有沢螢歌集』上梓
2017年 歌集『シジフォスの日日』上梓
2020年 エッセイ集『虹の生まれるところ』上梓

省略　検印

二〇二二年五月二十五日 印刷発行

歌集 縦《たて》になる

定価 本体二八〇〇円（税別）

著者 有《あり》沢《さわ》螢《ほたる》

発行者 國兼秀二

発行所 短歌研究社
郵便番号一一二―〇〇一三
東京都文京区音羽一―一七―一四 音羽YKビル
電話〇三（三九四四）四八二二・四八三三
振替〇〇一九〇―九―二四三七五番

印刷・製本 大日本印刷株式会社

ISBN 978-4-86272-702-2 C0092 ¥2800E